ISBN 979-8-9897701-1-3

Published by Hidden Hand Press
www.hiddenhandbooks.com

HIDDEN HAND PRESS

NÁUSEA | CONFESIÓN:
EBRIEDAD SOBRE LOS ESCRITOS
INEBRIATED ON WRITING

BY

PEDRO TSAMAXAN

AND

HAMANT SINGH

inebriate [1]

[verb in-ee-bree-eyt; noun, adjective in-ee-bree-it]

1. to make drunk; intoxicate.
2. to exhilarate, confuse, or stupefy mentally or emotionally.

embriaguez [2]

1.Turbación pasajera de los sentidos por el exceso de alcohol ingerido.

2. Enajenamiento causado por algo placentero.

---

[1] https://www.dictionary.com/browse/inebriate
[2] https://www.wordreference.com/definicion/embriaguez

ÍNDICE TEMÁTICO/CONTENTS

Preface

by Hamant Singh

When discussing inebriation, the main subject we are faced with is an altered version of ourselves. In essence, we do not change specifically but layers are removed. Our guards are let down and we lose our inhibitions. Some laugh more than usual, get louder, sing and flirt. Others cry, confess, fuck, fight or even hurt themselves. The real question then is which is the true self? The sober self with masks, preoccupations and other embellishments or the inebriated self that has shed all these embellishments?

Yet, it isn't just alcohol that reveals the other self. A host of other 'intoxicants' bring the other self to light. Anger, frustration, stress, love, jealousy are just some of these other forms of inebriation. These other 'intoxications' suggest a poisoning of the original self, or being 'under the influence' as they say.

Our more chaotic aspects are personified in various buried Gods of Chaos like *Apep* (Egypt), *Kaliya* (India), *Jörmungandr* (Norsk) and *Tiamat* (Mesopotamia), to name a few. These Gods were killed and buried so that Order may prevail. Getting inebriated is very much likened to the process of resurrecting these buried Gods, a tribute to madness that should be celebrated. Chaos is the original primordial condition and the subdual of Chaos is a reaction so that Order may prevail.

We drink to celebrate, to commiserate, to appreciate alcohol, in memory of someone or for absolutely no reason but drinking itself. We truly do not need a reason to want to unwind and let loose. We also do not need a reason to overdo it and get absolutely legless.

It may very well be that there are some amongst us who 'intoxicate' for that very reason; that they've had quite enough of the superficialities of everyday life. They inebriate themselves in open defiance of social rules and norms. The refusal to stay sober gives birth to the figure of 'The Drunkard', who is bastardised out of fear. He is the abject. He is terrifying because he is a reminder of what truly lies beneath the socially abiding personas we create for ourselves. He is a reminder of our primordial selves that we try to mask every single day.

Perhaps, the most intimidating thing about 'The Drunkard' is that he chooses to remain drunk and be with his true self, running away from pretences and falseness. He repeatedly attempts a return to Adam Kadmon. You, reader, will repeatedly come face to face with the figure of 'The Drunkard' in this book. Learn not to fear him but to learn *from* him. Strip yourselves down and come face to face with the chaotic beauty that lies beneath your facade. Anticipate your transformation and worship the chaos that will follow!

Prólogo
por Hamant Singh

Cuando hablamos de ebriedad, el tema principal al que nos enfrentamos es una versión alterada de nosotros mismos. En esencia, no cambiamos específicamente sino que se eliminan capas. Bajamos la guardia y perdemos nuestras inhibiciones. Algunos se ríen más de lo normal, se ponen más fuertes, cantan y coquetean. Otros lloran, confiesan, follan, pelean o incluso se lastiman. La verdadera pregunta entonces es ¿Cuál es el verdadero yo? ¿El yo sobrio con máscaras, preocupaciones y otros adornos o el yo ebrio que se ha despojado de todos estos adornos?

Sin embargo, no es solo el alcohol lo que revela el otro yo. Una gran cantidad de otros 'embriagantes' sacan a la luz al otro yo. La ira, la frustración, el estrés, el amor, los celos son solo algunas de estas otras formas de embriaguez. Estas otras "intoxicaciones" sugieren un envenenamiento del yo original, o como comúnmente se dice, estar "bajo la influencia".

Nuestros aspectos más caóticos están personificados en varios Dioses del Caos enterrados como *Apep* (Egipto), *Kaliya* (India), *Jörmungandr* (Norsk) y *Tiamat* (Mesopotamia), por nombrar algunos. Estos Dioses fueron asesinados y enterrados para que prevalezca el Orden. Embriagarse se asemeja mucho al proceso de resucitar a estos dioses enterrados, un tributo a la locura que debe celebrarse. El Caos es la condición primordial original y el control es una reacción para que prevalezca el Orden.

Bebemos para celebrar, para compadecernos, para apreciar el alcohol en memoria de alguien o por ninguna razón más que beber en sí. Realmente no necesitamos una razón en específico para querer relajarnos y soltarnos, tampoco necesitamos una razón para exagerar y quedarnos absolutamente sin piernas o cabeza.

Es muy posible que haya algunos entre nosotros que se 'intoxican' por esa misma razón; que han tenido suficiente de las superficialidades de la vida cotidiana. Se emborrachan desafiando abiertamente las reglas y normas sociales. La negativa a mantenerse sobrio da lugar a la figura de 'El Borracho' quien es declarado bastardo por el miedo. Él es lo abyecto, es aterrador porque es un recordatorio de lo que realmente se encuentra debajo de las personas socialmente perseverantes que creamos para nosotros mismos. Es un recordatorio de nuestro yo primordial que tratamos de enmascarar todos los días.

Usted, lector, se encontrará cara a cara en repetidas ocasiones con la figura de 'El Borracho' en este libro. Aprenda a no temerle sino a aprender de él. Desnúdese y enfrente la belleza caótica que se esconde debajo de su fachada. ¡Anticipe su transformación y adore el caos que seguirá!

Preface

by Pedro Tsamaxan

I remember meeting Hamant for the first time in a bar in San Cristóbal de Las Casas, Chiapas, called 'Bandera Negra'. Specifically, I say "his bar" since at that time (2021), he ran it together with his friend and business partner, Pablo. A Singaporean metalhead and a Spanish punk behind a bar who would shake your hand and offer you a cold *caguama* to the background of noise. His unusual name, plus the bad memory I had for always greeting him when drunk made me refer to him as Hanneman, really believing that his name was the same as the late Slayer guitarist. Maybe it was a great coincidence or a nickname that he gave himself. I had realised some time later and in confidence while sharing drinks, I understood that for the longest time, I had been calling him the wrong name. Another turning point in our friendship was when Hamant realised, and it also made him laugh, that I was the only one at the bar that ordered Red Tecate. It was a matter of approaching the bar and he automatically said, "Nobody else orders this fucking beer!" In that bar the hours passed quickly with *caguamas* and shots. At times, the gang was embracing chanting some DIO song, arguing about the best Black Sabbath vocalist or glorifying the classic records that we had all heard there at different times but with the same passion and drunk on rock & roll. Trust was forged to the point that when I ran out of money, Hamant would hand me a little posh and a cigarette without hesitation. I was embarrassed to thank him because I didn't feel like leaving the party, let alone going home. The nights passed this way, sometimes from Thursday to Saturday. On several occasions I had to close the bar with them (the rock gang), leaving at dawn on Sunday, early mornings in which Kiss or Rainbow was playing at full volume. It was in one of those early mornings that Hamant and I began to talk about this little book, about the wealth of drunkenness and the need to leave some vestige of what we felt at that moment, whenever possible the subject was addressed. We were excited about this project and we proposed a timeline of dates to be able to materialise it. Now it is a great reason for drunkenness to celebrate having completed this text made for people like us, creatures of the night who take drunkenness seriously. Cheers and "Rock hard, ride free"!

Prólogo
por Pedro Tsamaxan

Recuerdo que conocí a Hamant por primera vez en un bar de San Cristóbal de Las Casas, Chiapas, el "Bandera Negra". En específico diría "su bar" ya que en aquella época (2021) él lo atendía junto a su amigo y camarada de negocio Pablo. Un singapurense metalero y un español punketo detrás de una barra que te saludaban de mano y te ofrecían una caguama bien fría al son del ruido. Como su nombre me era diferente más la mala memoria que tenía por siempre saludarlo estando briago, yo me refería a él como Hanneman creyendo realmente que su nombre era igual al fallecido guitarrista de Slayer, tal vez era una gran coincidencia o un apodo que él se había puesto, tiempo después y en confianza compartiendo tragos comprendí que por mucho tiempo me referí a él de la forma equivocada. Otro punto de inflexión en nuestra amistad fue cuando Hamant se percató, y además le daba mucha risa, que del bar era el único que pedía Tecate Roja, era cuestión de acercarme a la barra y él automáticamente decía "nadie más pide esta pinche cerveza". En aquel bar las horas pasaban tan rápido como tragos de caguama, por momentos la pandilla se encontraba abrazada coreando alguna canción de DIO, discutiendo sobre el mejor vocalista de Black Sabbath o glorificando los discos clásicos que todos ahí habíamos escuchado en diferentes épocas pero con la misma pasión, borrachos del rock & roll. La confianza se fue forjando al grado de que cuando me quedaba sin dinero, Hamant sin dudarlo me fiaba un caballito de posh y un tabaco, yo apenado le agradecía porque no tenía ganas de dejar la fiesta y mucho menos de regresar a casa. Así las noches, a veces de jueves a sábado, pasaron. En varias ocasiones me tocó cerrar el bar con ellos (la pandilla rockera), saliendo en el amanecer del domingo, madrugadas en las cuales sonaba Kiss o Rainbow a todo volumen. Y fue en esas madrugadas en las que Hamant y yo empezamos a platicar sobre este pequeño libro, acerca de la riqueza de la embriaguez y de la necesidad de dejar algún vestigio de lo que sentíamos en aquel momento, siempre que era posible se abordaba el tema, nos emocionaba este proyecto y nos fijamos fechas de avance para poder materializarlo. Ahora es un gran motivo de embriaguez festejar haber concretado este texto hecho para gente como nosotros, criaturas de la noche que se toman con seriedad la ebriedad. Salud y "Rock hard, ride free".

Agradecimientos

Hamant:

Muchas gracias a mi familia que ha apoyado mi trabajo desde que comencé a escribir. A todos los fabulosos bebedores con los que he tenido el placer de compartir una cerveza o un whisky, esto va dedicado a todos ustedes. A mi queridísima Gabriela, gracias por siempre apoyarme y tomar un trago conmigo.

A todos los que me han precedido: Zaw Zaw, Mr. Lynn, Dirk, Boomer. Ha sido un placer y un honor compartir con ustedes el espacio del bar o la acera de la calle. Todos ustedes siempre tendrán un lugar muy especial en mi corazón. Este libro está inspirado en todos ustedes.

A mis amigos bebedores: Mi querido Pedro, Shane, Mario, Dr. JX Ho, Pies, Pablo Martínez, Pablo Coatlicue, Chimbo, Enrique, Mr. Thaya, Norman, mi padre, Reuben, Uncle Roy, Bryan, Brandon y tantos, MUCHOS más. Gracias por los buenos momentos y nunca le diré que no a una copa con ninguno de ustedes. Gracias Shane Reilly por la increíble obra de arte en la portada.

A todos los bares en los que he escrito, gracias por la música y la inspiración. Mi amado Bandera Negra (San Cristóbal), Don Simon (San Cristóbal), La Sin Rival (Guadalajara), Kelliann's Bar & Grill (Filadelfia), Pat's Pub (Singapur), Boomer's Bar (Phuket) y muchos más. Gracias por las bebidas y la inspiración. Sus establecimientos han jugado un papel tan importante en la redacción de esta colección.

Pedro:

A todos aquellos con quien he tenido el goce de compartir la ebriedad.
A todos aquellos que se embriagan con la poesía.
A todos los Ome Tochtli.
A Shane por la ilustración de la portada de Shane y ser compañero de rock y bebida.

Acknowledgements

Hamant:

Massive thanks to my family who have supported my work since I began writing. To all the fabulous drinkers that I've had the pleasure of sharing a beer or a whiskey with, this is dedicated to you all. To my loveliest Gabriela, thank you for always supporting me and having a drink with me.

To all those that have gone before me: Zaw Zaw, Mr. Lynn, Dirk, Boomer. It was a pleasure and honour to share the bar space or street pavement with you. You'll all always have a very special place in my heart. This book is inspired by all of you.

To my drinking friends: My dearest Pedro, Shane, Mario, Dr. JX Ho, Pies, Pablo Martínez, Pablo Coatlicue, Chimbo, Enrique, Mr. Thaya, Norman, my father, Reuben, Uncle Roy, Bryan, Brandon and so many, MANY more. Thank you for the good times and I will never say no to a drink with any one of you. Thank you Shane Reilly for the amazing artwork on the front cover.

To all the bars that I've written in, thank you for the music and inspiration. My beloved *Bandera Negra* (San Cristóbal), *Don Simon* (San Cristóbal), *La Sin Rival* (Guadalajara), Kelliann's Bar & Grill (Philly), Pat's Pub (Singapore), Boomer's Bar (Phuket) and the countless others. Thank you for the drinks and inspiration. Your establishments have played such an important role in the writing of this collection.

Pedro:

To all those with whom I have had the joy of sharing drunkenness.
To all those who get drunk with poetry.
To all the Ome Tochtli.
To Shane for the cover illustration and being a rock and drinking partner.

Pedro y Hamant en Coronilla 13 en Guadalajara.
Pedro and Hamant at Coronilla 13 in Guadalajara.

Aluciación

La puerta se cierra, los muebles se callan,
La cortina parece moverse, la ventana está cerrada.

Las preguntas de siempre aún no tienen respuesta,
Los suspiros se dejan en el sillón, olvidados.

Moscas, gusanos, polillas, arañas, cómplices de los aullidos
Que ensucian los sueños de rabia y soledad.

Espectros de tacto helante trepan por las paredes,
Dejan rastros de gotas que del techo caen.

¿Cuántos focos se necesitan para solo una persona?
¿Cuántas noches aún faltan para dejarte de recordar?

Hay momentos que son solo para uno mismo
Como apagar la luz o escribir sin pensar.

(Pedro Tsamaxan)

Devil's Mask (Pedro Tsamaxan)

Muñecas Delicadas

Dirty, dark magic
Like a moth to a flame,
The way
He charmed her towards him
As he stumbled in
From the cold.

Sat snug
On his lap,
He held her
Fragile wrists,
Delicate
In his calloused
Guilty hands.
Wrists that would
Crumble to dust
With anything more than a
Gentle squeeze.

He turns the air sweet
With whiskey breath
And slurring grunts
For a warm supper
From a quiet wife.

Ravenous teeth
Ripped flesh from bone.
Howls held the house,
Voracious vowels
Between snorts and spittle
As she tried to tell him

About the broken doll
In the corner of the room.
Her quietude
Catches his eye,
He always finds a reason
To hurl husky hands
On helpless hands,
Las Muñecas Delicadas

Moon after moon,
He turns from man to beast
As he turns his pay to piss.
How long before
Delicate wrists crack?
How long before
He drinks himself to the grave
Or before
He drowns her in an early one.
Dolls that would
Crumble to dust
With anything more than a
Gentle squeeze.

(Hamant Singh)

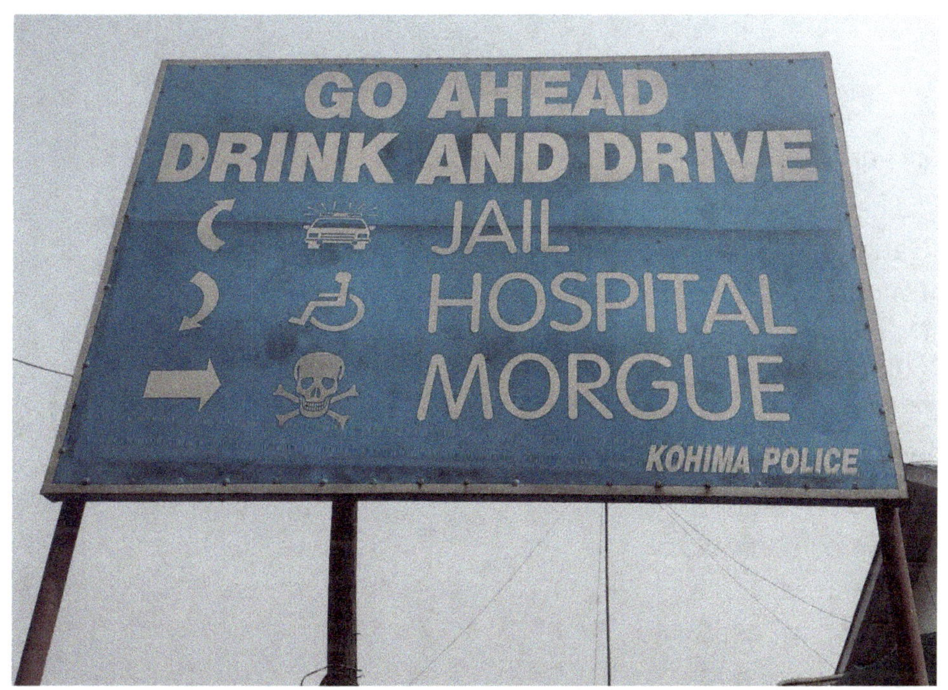

A Certain Fate (Hamant Singh)

Dolor

Escribo con dolor,
La carne palpita,
Sangre se estanca
En palabras rotas,
Piedras en los dientes,
Vestigios del rencor.

La radio me canta,
Demente intuición,
Ya no es sorpresa,
La pena se doma,
Se buscan respuestas
Carentes de rigor.

Ya no hay mañana,
Angustia, corazón,
Sombras se arrastran,
Cubren como costra
Los suspiros muertos
Del crujir de la flor.

(Pedro Tsamaxan)

La Petite Mort

Like *La Santa Muerte*
Dragging his scythe,
You make me writhe,
As your flexed fingernails
Trace a trail of goosebumps.
Wind your way
To my waist,
There is no haste,
No rush to taste.

You reach
Into my eyes
And tear out my whole
Soul
By its neck,
Every time your tongue tickles
That secret spot.
Your breath charges through me,
Electrifying me.

I turn pale
When you impale me.
Thrusts of trust,
Rhythmic responsibilities,
My cosmic killer.
With whiskey on your breath,
And witchery in your touch.
Swallow my soul,
And evaporate my essence,
Swim in my surrender
And savour my sacrifice!

Time falls away
When you stab, stab, stab
My earthly shell,
Releasing me
From my worldly hell,
My ears now ring
My death knell!

Watch me
Twist, choke and fry,
Pray, gasp and cry,
As I die
The little death.

Salve Ama Lilith!
Do you want to die?

(Hamant Singh)

Stoner 575

Sonido negro,
Frecuencia inhumana,
Retumba mi ser.

Tinieblas, humo,
Pensamientos perversos
De madrugada.

Observo al mar
Llenarse de lágrimas,
La vida llora.

Nadie se salva
Del canto y silencio
De la aurora.

Estoy cayendo,
Abismos me esperan,
Enredaderas.

Ruidos profundos
Que golpean al alma
Hasta matarla.

(Pedro Tsamaxan)

Dragonsong

Candlelight shudders,
Threatened,
As I lie
With my shadows'
Music in darkness.

I am not lost,
Rather yearning to
Lose my self
In the charm
Of her lullaby;
Her Dragonsong,
Her scarlet serenade.

I come to you,
Mother of refuge
As refuse
Of a dying star.
I come to you,
Mother of refuge,
Parched with thirst
To transform.

To transcend
Illusory boundaries and
Understand
The Flaming Enigma.
That I may explore the eternities
Between the illusory and reality.
That I may implore the infinities
And be swallowed whole.
I entreat you,

Great Mother!
Open the gateways
That I may vanish in
Those boundless vast plains.
That I may ascend
That bottomless hollow.

O dragon of the deep!
O great dragon of sleep!
Tear my lifeline open
With your black magic talon!
Fill me with your poison
And may the abyss
Swallow me whole!

I drift on her tunes
Across vast dunes
And slither to The Otherside.
I become one
With her lullaby;
Her Dragonsong,
Her scarlet serenade.

(Hamant Singh)

Pedro y Hamant en la legendaria Bandera Negra en San Cristóbal de Las Casas, Chiapas.

Pedro and Hamant at the legendary Bandera Negra in San Cristobal de Las Casas, Chiapas.

Ebriedad

La ebriedad es liberarse del peso de la razón,
Lo que sucede, aquello que escurre por las manos,
Presente con hielos y ron, una caguama, humo, sudor,
Un espíritu ligero, contraviento, terco, sin pudor,
Bestia y humano, sin mañana, sin arriba o abajo,
Todo gira y tú bailas al son del diablo,
Camarada de la misma angustia, a tí te hablo.

Hay gran gravedad en la seriedad judicial
Y la virtud no es posible sin éxtasis.

No te engañes, tampoco te ofusques, siente,
Habrá más tiempo para pensar, como si la eternidad no fuese
Suficiente,
Brindemos por la vida y la muerte, por los placeres,
Cuando no tienes palabras, tampoco color, ahí es,
No hay más alternativa que dejarse caer,
Reírse como idiota, opinar como presidente,
Ignorarse un momento o por siempre.

(Pedro Tsamaxan)

Mist (Pedro Tsamaxan)

Mezcal y Naranja (Pedro Tsamaxan)

Ebriedad II

I was told
I needed help.
I was called
A number of names,
A number of days.
They said
They were with me
Even though I am completely
Alone.

Medicine
That cures a sick world;
Or at least
Temporarily,
A Temporal remedy.
Remedial courses
Coursing
Through my veins;
My life
Line.

I lose my Self;
Liberated in stupor,
Liberated in liquor.
There is a good reason why
It makes me slur.
There is a good reason why
I become
Incoherent.
Inebriation is gasoline
For the chaos machine
For fires of thought.

Flames unseen and unknown
To foolish demiurge.

And when the sunlight
Hits my eye,
I know,
It is time
To depart again.
I reach for my next ticket,
Hopefully,
My Last.

(Hamant Singh)

La Embriaguez del Deseo

No tiene culpa alguna la intuición o el rostro que deseaste borrar,
Es la embriaguez del deseo, impulsiva, ofuscante,
Destello en la vista sin fundamento explícito.
Estaba escrito, también estaba en tus manos,
Uno es quien decide no escuchar.
Existe una sutil diferencia entre la sorpresa y lo inesperado,
Entre el amor y ser amado.
Tus ojos ocultan una trama,
¿Son tus lágrimas alegría o pesar?
No hay coincidencia sino intención cuando se cruzan miradas,
Se habla sin palabras, se dice una verdad.

(Pedro Tsamaxan)

Varanasi

Vermillion and saffron
Blinds all eyes
Not already blinded
By gold, silver and mirrors.

The scream of a blaring horn
Deafens the ear
While six screaming banshees
Approach from the left.
Drums, bells and chanting
Scare even the most terrifying demons
Out from their hidden spaces.
The dizzying intoxication of
This raging, raucous tempest
Will demolish even
The greatest I.

The second test
Will muddle the mind,
Then destroy
As shrivelled old men point
In conflicting directions,
I find my Self
On the same corner
Where I began.
Through the maze of madness,
Past dogs and dogshit,
Feet have to earn
Their way to the river.

That river
Is a Catholic confession without penance.
To submerge is
To wash all sins away;
From pissing on the *ghat* walls
To the bottle of *Black Dog* whiskey
On the steps down to the *Ganga*.

The rancid reek
Is a noose around my neck,
That leads me down the bank
To that serene abode
Where the dead lick the sky
With their tongues of fire.

Manikarnika tells the three-hour tale
Of the fragility of flesh
Over and over, over and over.
I sit and listen
As the smell of burning flesh
Fills my nostrils and lungs.
I sit and watch
As my face burns hot
And tears roll.
I sat in awe
Till the sun in the sky departed;

How beautifully Death burns in the night.

(Hamant Singh)

A World in Flames (Hamant Singh)

Watching Death (Hamant Singh)

Veneno

¿Cómo no asombrarme si las palabras me son insuficientes?

Nombrarte es caer al vacío,

La voz jamás te será justa,

Hay más emoción en el ruido

y verdad en el silencio

Que acción en el verbo.

Procuro tener cuidado con lo que escribo,

Temo hacer de mi texto veneno dulce

Disfrazado de psicosis, desahogo,

Manía de ver rosas y no púas

Que rasgan decepción del cuerpo.

Entierro de lo jamás acontecido,

Grave circunstancia del sentimiento.

(Pedro Tsamaxan)

¿Por Qué?

Because one is never enough,
Because it lets me talk to people,
Because it makes me feel like a god.
Because I don't have to fucking explain it to you
Because language loses potency
The moment I
Utter rubbish.

Because you get me dizzy,
Because you get me (e)motional
And getting things done.
Because you make me aggress
If
You give me a reason.
Just give me a reason…

Because si buscas pedos, los encontrarás.
Because you still find your best
Friends at the bar,
Amidst the ones who've passed it
And talk too much.

Because as it flows through me,
I swish, slush and slur,
Meandering river,
Sludgy sewer liver.
Because something delivers,
O deliverer.
De-liverer.

Because it lets me write
And makes me writhe.
Because it manages the
Manacles of the mind,
Bumblings of the brain;
The scalding scourge of sanity.

But most of all,
Because I'm fucking tired of talking to you.

(Hamant Singh)

La Sin Rival: La Cantina más antigua de Guadalajara.
La Sin Rival: The oldest Cantina in Guadalajara.

Departidores del Aislamiento Voluntario

Hay algo que sabemos y no nombramos,
La palabra con intención se madura
Como el aroma dulce de la fruta
Que acompaña tu andar calmado.
Para las piezas chuecas funcionar es un milagro,
Somos manchas en el desorden de la vida,
Enredos, impares, ayunos de humo,
Departidores del aislamiento voluntario.
Conozco esos amaneceres plagados de melancolía
Y las madrugadas delirantes de aburrimiento.
No obstante, tu presencia, sugestiva,
Hace de mis noches lúcidos poemas,
Intenciones de verte, dibujarte,
Clara como la luna llena
Que con el rostro herido
Subes noblemente al cielo oscuro,
Consuelo de los afligidos,
Errantes caminantes.

(Pedro Tsamaxan)

Crime of Passion

I smell
Her on you
As you laugh carelessly
And I seeth endlessly.

I wonder
Where her luscious red lips have been,
How her curly locks demean,
Why her hungry hips scream
For you.

You.
I taste
Your lips
And know
You are no longer mine.
Your scorpion tongue
Now stings another.

I feel
The plunge
Of a blade
Into soft skin.
Drain of your sin
I call for Them
And turn you into an offering.

I see
Life leaving your eyes,
Blood curdling your cries,
My vengeance realised
As the Qlipoth arise.

Taste
The power of possession.
I am not me,
I have the poison of hate
Tearing through my veins.
Wrath of Tiamat, guide me!
That I may rejoice
As the Qlipoth arise,
When this madness exits
My eyes.

(Hamant Singh)

Cuatro Impresiones Nocturnas

La oscuridad no puede ser tan mala si es ahí donde mejor se ven
Las estrellas, manto de telarañas, sonrisa disimulada entre
Aquelarres de nubes.
Un cerro callado me observa, me aconseja no voltear hacia atrás,
Que aprenda a hablar a ladridos y que a mi sombra la deje en
Libertad.

De todos tus disfraces, ser la noche te es natural, tejados
Cubiertos por enredaderas, pequeños pasos enfrentando la
Inmensidad.

Caprichos de oleajes agridulces, insatisfacción y sorpresa, golpes
Que duelen por su inocencia, estrella caída, fugaz.

(Pedro Tsamaxan)

Dark Forest (Pedro Tsamaxan)

When Lips Betray

As my lips pull away,
The thin veil falls over my eyes.
It obscures perception
But blinds my mind.

I hear
My thumping heart,
Waves of blood
Crashing through each vein.
Each vain
Attempt to control
What I know is building up
Inside.

The fleeting intoxication
Of the body and mind;
The deception that causes one
To almost feel
Immortal.

And the passions,
O the passions
They stir!
Every time
Lips are wet,
And tongue is met.
The swirling liquids and
Scorching desire,
The need to
Free myself
Before comes
Another swallow.

I sit before
Another empty glass,
All drunk up.
I am spinning
With the most ridiculous
Grin on my face.

I am drunk
But won't be tomorrow.
I am in love
But...

(Hamant Singh)

Telarañas

Me he quitado las telarañas del cuerpo y la mente,
Mucho tiempo la vida fue un gran sueño pesado,
Nada sentía al estar encapsulado,
Cubierto en esa seda falsa nada me afectaba.

La luna y las lluvias pasaron desapercibidas,
El pequeño espejo de la casa estaba empañado,
No podía ver mi rostro y cuando fue posible,
Rasgos deformados me saludaron.

Quitarse la mugre duele y es tedioso,
Me dicen mi espalda ya no está recta,
En un monstruo me estaba convirtiendo,
Ahora cargo un ataúd para enterrarlo.

Mirar los ojos del sol me estruje la cabeza,
Mas fijar la mirada al suelo ya no es suficiente panacea,
Pobre buganvilia que no pudo abrirse a la vida,
Debí haberla liberado, pero estaba igual de atrapado.

Dos grandes árboles me dieron su sombra,
Pero yo en las sombras camino muy lento,
Hay que estar bajo el sol para perforar al maguey,
Teniendo como recompensa su aguamiel beber.

(Pedro Tsamaxan)

FTW

(for Superbeast)

Her roars intensify
With my heartbeat,
Accelerating instinctively
Until the road falls away.

Large wings
Rip through my back
As I take flight!
Soaring through *Mae Hong Son*
In the dark.
Accelerating wildly
Until it all falls away.

My weightless flesh
Questions science
And transcends;
It defies logic.
I gently kiss the ground,
Navigating
An impossible turn.
You and I
Are one inseparable phenomenon.
You and I
Are a screaming miracle.

Splitting the road in two,
I peel the skin off the world.
Splitting my shell in two,
I peel the skin off my face.

(Hamant Singh)

Tu Silencio

Los gatos merodean tu silencio,
Algunos se posan en la ventana,
Otros suben al árbol
O cruzan por debajo de la barda.
Agazapados esperan un gesto,
Una mirada recíproca,
Dilatada.
Sus colas revuelven las estrellas
Para pintarte una noche lisérgica
Con la esperanza de verte recostada,
En el umbral,
Deleita.
La lluvia,
Tu carácter,
Limpia las noches de dudas.

(Pedro Tsamaxan)

Agave Azul (Pedro Tsamaxan)

A Love Song

And your eyes trap my gaze,
Enchanting me as I freeze
Under your spell.
My soul aches
To converse with yours,
To blaze through dark realms
Fearlessly.
I see how magic
Sparkles in each tender tress.
Your wonder spiralling uncontrollably
As I choke and drown in your eyes.
Porque tus ojos
Beber todas las estaciones del año
En un día.

Your lips part to reveal
Glistening pearls.
I see our souls
Dance in twirls
As whispers
Roll off your fingertips.
I bury my secret
At that private spot
On the inside of your thigh.
I am dizzy as our union
Shatters the cosmos.

We lay in each others' arms
Until one of us
Succumbs to that soundless slumber.

(Hamant Singh)

37

Pedro y Hamant en Cantina La Fuente en Guadalajara.

Pedro and Hamant at Cantina La Fuente in Guadalajara.

ACERCA DE LOS AUTORES

Pedro Tsamaxan (1991), de San Cristóbal de Las Casas, Chiapas, México, jóven escritor de relatos cortos de horror y terror, quien en esta obra se inicia en la poesía abordando temas acerca de la oscuridad, el aislamiento, lo estridente y los delirios de la embriaguez e insomnio.

Hamant Singh es un escritor Singapurense residente en San Cristóbal de Las Casas, Chiapas que escribe sobre la muerte, el caos, la magia y lo Sublime. Esta colaboración con Pedro, NÁUSEA | CONFESIÓN, es su segunda obra tras *The Sibyl* (2022). *The Sibyl* fue nominado para El Premio Rhysling (2022), estuvo en la boleta preliminar para El Premio Bram Stoker (2023) y ha sido nominado para El Premio Elgin (2023). Actualmente está trabajando en otros dos libros en este momento.

~

ABOUT THE AUTHORS

Pedro Tsamaxan (1991), from San Cristóbal de Las Casas, Chiapas, Mexico is a young writer of short horror and terror tales. In this piece of work, he begins with poetry addressing themes of darkness, isolation, the strident and delusions of drunkenness and insomnia.

Hamant Singh is a Singaporean writer living in San Cristóbal de Las Casas, Chiapas who writes about death, chaos, magick and the Sublime. This collaboration with Pedro, NÁUSEA | CONFESIÓN, is his second piece of work after *The Sibyl* (2022). *The Sibyl* was nominated for the Rhysling Award (2022), was on the Preliminary Ballot for the Bram Stoker Award (2023) and has been nominated for the Elgin Award (2023). He is currently working on two other books at the moment.